文／佐藤伸

1962年出生於日本新潟縣，曾擔任廣告產品製作、專業主夫、文案撰寫工作者，現為繪本作家。在日本以《便便！》榮獲第一屆LIBRO繪本大獎、第20屆劍淵繪本之鄉美羽烏獎、第三屆MOE繪本書店大獎等。主要作品有《我們都好棒！》（小熊出版）、《便便！》（小魯文化）、《寶貝，對不起》（台灣東方），以及《我是綾子》、《來吃饅頭吧！》、《最初的椅子》、《好喜歡吃壽司》（以上暫譯）等。

圖／山村浩二

1964年出生於日本愛知縣，動畫師、東京藝術大學教授。90年代製作《卡羅和皮悠卜普多》、《Pacusi》等兒童動畫作品。2002年製作的《頭山》榮獲安錫動畫影展、薩格雷布國際動畫影展等世界主要動畫影展的六個大獎，以及入圍第75屆美國奧斯卡獎最佳動畫短片。其他尚有《鄉間醫生卡夫卡》榮獲渥太華、斯圖加特等七個獎項（以上提及的作品皆為暫譯）。2012年榮獲第30屆川喜多獎，到目前為止已受到超過130個國際獎項的肯定。繪本作品有《我們都好棒！》（小熊出版）、《森林舞台的幕後》（步步）、《鯨魚，為了你，我們一定做得到！》（台灣東方）、《水果海水浴！》（維京）等。

譯／蘇懿禎

臺北教育大學國民教育學系畢業，日本女子大學兒童文學碩士，目前為東京大學教育學博士候選人。熱愛童趣但不失深邃的文字和圖畫，有時客串中文與外文的中間人，生命都在童書裡漫步。夢想成為童書圖書館館長，現正在前往夢想的路上。在小熊出版的譯作有《再仔細看一看》、《再見！我們的幼兒園》、《傳說中的巧克力》、《媽媽，對不起！》、《歡迎光臨小兔子點心屋》、《歡迎光臨小兔子冰菓鋪》、《歡迎光臨小兔子咖啡館》、《貓咪西餐廳》、《貓咪拉麵店》、《被罵了，怎麼辦？》和「媽媽變成鬼了！」系列等。

精選圖畫書

比一比，誰最長？ 文：佐藤伸　圖：山村浩二　譯：蘇懿禎

總編輯：鄭如瑤｜主編：陳玉娥｜編輯：張雅惠｜美術編輯：張雅玫
行銷副理：塗幸儀｜行銷助理：龔乙桐
出版：小熊出版／遠足文化事業股份有限公司
發行：遠足文化事業股份有限公司（讀書共和國出版集團）
地址：231 新北市新店區民權路 108-3 號 6 樓
電話：02-22181417｜傳真：02-86672166
劃撥帳號：19504465｜戶名：遠足文化事業股份有限公司
Facebook：小熊出版｜E-mail：littlebear@bookrep.com.tw

讀書共和國出版集團網路書店：www.bookrep.com.tw
客服專線：0800-221029｜客服信箱：service@bookrep.com.tw
團體訂購請洽業務部：02-22181417 分機 1124
法律顧問：華洋法律事務所／蘇文生律師
印製：凱林彩印股份有限公司｜定價：320 元
初版一刷：2019 年 3 月｜二版一刷：2023 年 10 月
ISBN：978-626-7361-36-8｜書號：0BTP4075

小熊出版官方網頁

小熊出版讀者回函

國家圖書館出版品預行編目（CIP）資料

比一比，誰最長？／佐藤伸文；山村浩二圖；蘇懿禎譯.-- 二版.-- 新北
市：小熊出版，遠足文化事業股份有限公司，2023.10
32面；22.6 × 20.4 公分.--（精選圖畫書）
國語注音
譯自：ながいでしょりっぱでしょ
ISBN 978-626-7361-36-8（精裝）

1.SHTB：認知發展--3-6歲幼兒讀物

861.599　　　　　　　　　　　　　　　　　112015672

比一比,誰最長?

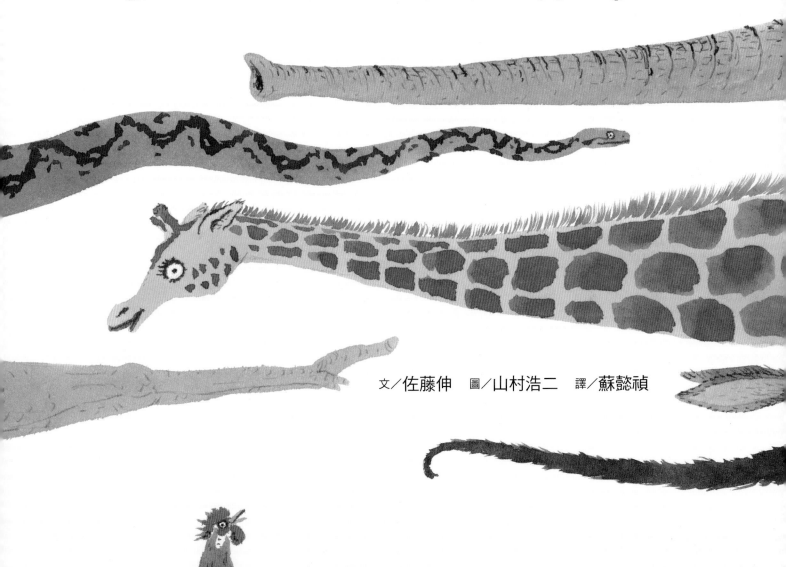

文／佐藤伸　圖／山村浩二　譯／蘇懿禎

你﹙ㄋㄧˇ﹚看﹙ㄎㄢˋ﹚， 我﹙ㄨㄛˇ﹚的﹙ㄉㄜ˙﹚鼻﹙ㄅㄧˊ﹚子﹙ㄗ˙﹚怎﹙ㄗㄣˇ﹚麼﹙ㄇㄜ˙﹚樣﹙一ㄤˋ﹚？
很﹙ㄏㄣˇ﹚長﹙ㄔㄤˊ﹚吧﹙ㄅㄚ˙﹚！ 帥﹙ㄕㄨㄞˋ﹚氣﹙ㄑㄧˋ﹚吧﹙ㄅㄚ˙﹚！

又長又帥氣的鼻子，
可以用來取水，
可以用來搬運貨物。
厲害吧！

你看，　我的身體怎麼樣？
很長吧！　帥氣吧！

又長又帥氣的身體，
就算沒有腳也能扭啊扭的前進。
厲害吧！

你ㄋㄧˇ看ㄎㄢˋ， 我ㄨㄛˇ的ㄉㄜ˙脖ㄅㄛˊ子ㄗ˙怎ㄗㄣˇ麼ㄇㄜ˙樣ㄧㄤˋ？
很ㄏㄣˇ長ㄔㄤˊ吧ㄅㄚ˙！ 帥ㄕㄨㄞˋ氣ㄑㄧˋ吧ㄅㄚ˙！

又長又帥氣的脖子，
高高樹上的葉子也能
輕鬆吃到。
屬害吧！

你看， 我的腳怎麼樣？
很長吧！ 帥氣吧！

又長又帥氣的腳，
可以用一小時八十公里的
速度逃跑。
厲害吧！

你ㄋㄧˇ看ㄎㄢˋ， 我ㄨㄛˇ的ㄉㄜ耳ㄦˇ朵ㄉㄨㄛ怎ㄗㄣˇ麼ㄇㄜ樣ㄧㄤˋ？
很ㄏㄣˇ長ㄔㄤˊ吧ㄅㄚ！ 帥ㄕㄨㄞˋ氣ㄑㄧˋ吧ㄅㄚ！

又_{ㄧㄡ}長_{ㄔㄤ}又_{ㄧㄡ}帥_{ㄕㄨㄞ}氣_{ㄑㄧ}的_{ㄉㄜ}耳_ㄦ朵_{ㄉㄨㄛ}，
可_{ㄎㄜ}以_ㄧ聽_{ㄊㄧㄥ}到_{ㄉㄠ}遠_{ㄩㄢ}方_{ㄈㄤ}很_{ㄏㄣ}小_{ㄒㄧㄠ}的_{ㄉㄜ}聲_{ㄕㄥ}音_{ㄧㄣ}。
厲_{ㄌㄧ}害_{ㄏㄞ}吧_{ㄅㄚ}！

你(ㄋㄧˇ)看(ㄎㄢˋ)， 我(ㄨㄛˇ)的(ㄉㄜ˙)尾(ㄨㄟˇ)巴(ㄅㄚ˙)怎(ㄗㄣˇ)麼(ㄇㄜ˙)樣(ㄧㄤˋ)？
很(ㄏㄣˇ)長(ㄔㄤˊ)吧(ㄅㄚ˙)！ 帥(ㄕㄨㄞˋ)氣(ㄑㄧˋ)吧(ㄅㄚ˙)！

又長又帥氣的尾巴，
用來抓住樹枝，
兩隻手就能做其他事。
厲害吧！

要比長度，
我可不會輸喔！

「咦？公雞，
你身上沒有很長的地方啊？」
大家疑惑的問著……

「喔ㄨㄛ 喔ㄨㄛ ～～～～～～

喔ㄨㄛ」

你ㄋㄧ看ㄎㄢ，　怎ㄗㄣ麼ㄇㄜ樣ㄧㄤ？
很ㄏㄣ長ㄔㄤ吧ㄅㄚ！　帥ㄕㄨㄞ氣ㄑㄧ吧ㄅㄚ！

大家都又長又帥氣！

比一比，樂趣多！

文／鄒敦怜（龍傳文創顧問、兒童文學作家）

《比一比，誰最長？》是一本輕鬆有趣的繪本，故事場景是動物的世界，從大象開始，每隻動物出場皆伴隨著展現自己「最長」的特點。大象的鼻子最長、蛇的身體最長、長頸鹿的脖子最長，鴕鳥、兔子和猴子也都有各自最長的部位。而且每個角色登場時總會加上一句「很長吧！帥氣吧！」如同孩子一樣，殷切的想要得到對方的肯定。

連續幾個跨頁，公雞就像個觀眾一樣，在一旁欣賞其他動物的優點，直到最後，牠才揭露自己最長的地方——聲音。故事的結尾，動物們自信的擺出最能展現特色的姿勢，彷彿某個活動的定裝照，令人忍不住想為牠們鼓掌叫好。而這頁的文字雖然簡單，卻道出一個深意：每個人都有自己的長處，大家都是最棒的。

從多種角度閱讀這本書，可以得到不同的樂趣與收穫。第一、將本書當作有趣的童話。父母和孩子可以分別扮演書中的角色，透過朗誦重複的句型，訓練口語表達能力。此外，親子也可以一起動動腦，利用故事探討更多延伸內容，例如鴕鳥的時速是多少？為什麼蛇沒有腳卻能迅速移動？除了書中的角色，還有哪些動物可以加入這場比賽？

第二、將本書當成數感的啟蒙。「測量」和「比較」是數學的一部分，而且可以輕易的運用在日常生活，例如這支鉛筆有多長？這個書櫃有多高？火車和汽車的速度哪一個比較快？透過簡單的提問與操作，就能讓孩子了解長度、高度、速度等概念。另外，本書最有趣的一點是，除了公雞的聲音得用「時間」來計算之外，其他都是「物體」長度的比較。物體和時間的長短分別該怎麼比呢？家長可以跟孩子討論看看唷！

閱讀不僅能汲取知識，還能影響品格發展。注意到了嗎？故事中的動物們雖然互相比較，卻沒有演變成劍拔弩張的局面，而是彼此的激勵與欣賞，讓孩子從中學習該如何與他人相處。適合親子共讀的繪本必定輕鬆好讀且寓教於樂，《比一比，誰最長？》就是一本最棒的讀物！

後扉頁還有活動喔！➡

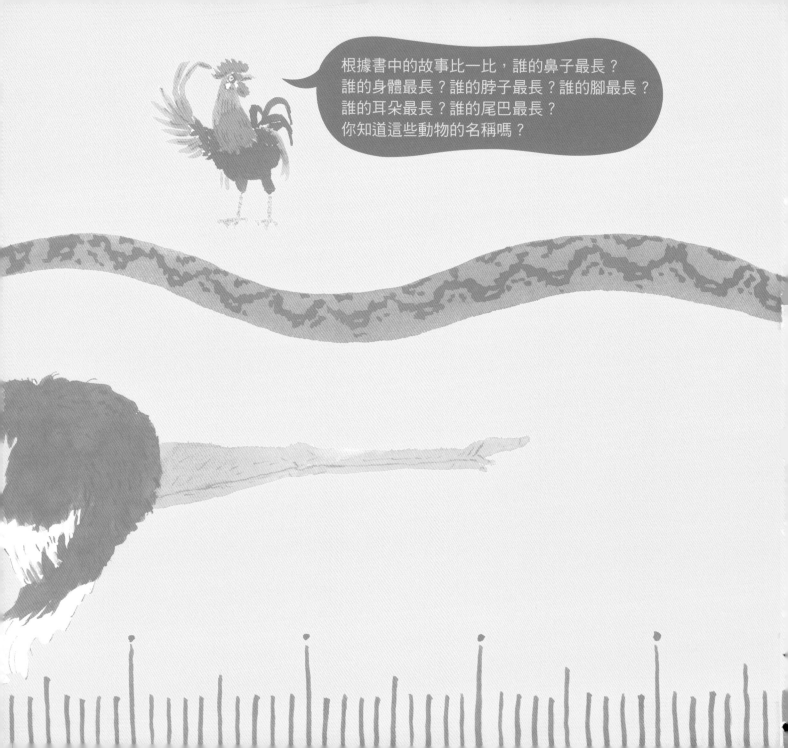